숯내에서 쓴
여름날의 편지

나남
nanam

한동화 (韓東和, 본명 韓澤秀)

1950년 강원 강릉에서 출생했고,
1985년 〈심상〉으로 등단했다.
시집 《폭우와 어둠 저 너머 시》,
《그리고 나는 갈색의 시를 썼다》
시선집 《괴로움 뒤에 오는 기쁨》 및
동시집 《머리가 해만큼 커졌어요》 등을 출간했다.
htspoet@hanmail.net
blog.naver.com/han_donghwa

나남시선 81

숯내에서 쓴 여름날의 편지

2011년 7월 15일 발행
2011년 7월 15일 1쇄

지은이_ 韓東和
발행자_ 趙相浩
발행처_ (주) 나남
주소_ 413-756 경기도 파주시 교하읍
　　　출판도시 518-4
전화_ (031) 955-4600 (代)
FAX_ (031) 955-4555
등록_ 제 1-71호(1979.5.12)
홈페이지_ http://www.nanam.net
전자우편_ post@nanam.net

ISBN 978-89-300-1081-8
ISBN 978-89-300-1069-6 (세트)
책값은 뒤표지에 있습니다.

나남시선 81

숯내에서 쓴
여름날의 편지

한 동 화

나남
nanam

나남시선 81

숯내에서 쓴
여름날의 편지

차례

헌사 (獻詞)

나를 알고 싶어
숯내* 여울 가에 와 있습니다.

삶과 빗줄기가
급한 물길을 만들면서
더러 흙빛으로 흐르곤 했습니다.

시를 다 읽었습니다.
그리고 긴 편지를 씁니다.

---

*숯내(탄천炭川):경기도 용인시 구성면 청덕리 계곡에서 발
원하여 성남시를 거쳐 한강으로 흐른다.

아버지의 편지는

아버지의 편지는 길게 이어졌어요.

갈 곳 없는 불쌍한 나를 잊지 마오.
가련하고 불운한 나를 잊지 마오.

봄볕이 내리다가
뜰에 머물 듯
어머니는 발을 떼지 못하셨고요.

갈 곳 없는 불쌍함이란
산과 바다가 흐트러져서
고향을 잃었다는 것,

가련하고 불운하게
어머니는 그 편지를 다 읽지 못하셨어요.

어머니 또한
이쪽 끝에서 봄을 기다리셨고,
나는
어린아이의 눈으로
아버지의 편지를 읽었어요.

인간은 하나의 도구이며

인간은 하나의 도구이며
작은 항아리와 다름없는 이 육체는
곧 깨어질 것이라고,

나는 친구에게 편지를 썼어요.

암흑 같은 망상이 찾아왔을 때는
이미 청춘의 무더운
여름이었어요.

봄이 가고 여름이 온 것이지요.

강과 나무는 춤을 추었지만
새들은 하늘을 넘실거렸지만
내겐,
항아리처럼 작은
내 인생이 있었어요.

난 랭보를 외웠어요

난 랭보를 외웠어요.

초여름 저녁의 푸근함에 젖어
보리밭 이랑을 걸었지요.
깜부기를 꺾어
얼굴에 비비기도 했고요.

말도 하지 않고
생각도 없이
소년 시절은 흘러갔어요.

하지만, 난 랭보를 외웠어요.

별이 저만치 있어

별이 저만치 있어
별을 따러 갔어요.

별이 저만치 있어
더 멀리 보였던 삶,
아아, 나는
꿈과 현재를
걸어왔어요.

별이 아직 저만치 있어
더 걷고 있어요.

그간 안녕하셨는지요?

그간 안녕하셨는지요?
하고,
한참 멈춰 있습니다.

달과 별이 내 곁을 흐르던 날들이
있었습니다.
산과 강이 내 그림자 되어 비치던 날들이
있었습니다.

나는
나를 사랑했습니다.

또 편지 올리겠습니다.

네가 앉았던 자리에

네가 앉았던 자리에
노란 민들레꽃이 피었다오.

— 누런 고양이여.

이 봄이 나를 잡아당겼나 하고
네 자리에 다시 와 있다오.

민들레꽃은 뻘과 같은 말의 풀밭으로
나를 이끌었고,
더 깊이 잡아당기던
삶의 뒷길을 건너다니던

너의 이야기……

네가 써놓고 간
노랗게 피어나는
시들을 다시 읽었다오.

기도하면서

기도하면서
살 수 있을까요.

먼 그리움을
고백할 수 있을까요.

내가 갖고 싶은 건
듣고 싶은 건
한 줄의 시,

바람에 쓸리며 붙어 있는
푸르른 날을 기억하는
잎사귀의 언어,

내 몸에 가까이 붙어 있어서
떨치고 싶던 욕망,
햇볕을 받던 욕망을 뒤로하고

기도하면서
시를 써요.

쉰아홉 마리의 백조를 노래하던

쉰아홉 마리의 백조를 노래하던
시인이 생각나요.

호숫가에 종소리처럼 흩어지던
날갯짓 소리,
그 울음을 노래하던
시인이 생각나요.

인생은 날갯짓일까요?
울음일까요?

시냇가를 오르내리며
생각했어요.

내 딸은 멀리 가 있어요

내 딸은 멀리 가 있어요.

강과 바닷물을 건너
겨울 저편에 가 있어요.

그곳엔 낮과 밤이,
역사와 사건이
들리지 않는 곳이에요.

새들이 날아들어
아침을 전하는 언덕,
꽃잎이 피면 꽃잎 하나
먹고,
숨을 익히는 곳에

내 딸은 가 있어요.

악령에 시달리듯 글쓰기는

악령(惡靈)에 시달리듯 글쓰기는
나를 시행착오에 밀어 넣곤 했어요.

더 맑은 시구(詩句)가 가던 길을
막아서서
나는
되돌아가곤 했어요.

때로 사랑스러운 빛에 눈뜨듯
황홀한 돌을 줍기도 했고요.

내가 쓴 시는
시가 아니었어요.

그래서 다시 시작하고 있어요.

내 운명의 먹구름은 걷혔어요

내 운명의 먹구름은 걷혔어요.

이미 오래오래 전에
나는 세상을 보았어요.

시린 염소 떼가 국경에서 되돌아오듯
나에게로 온 언어,

욕망의 팽창이 스러진 후
이윽고 내 앞에 선
운명,
그 낮은 구름.

구름을 사랑한 시인이 있었어요

— 구름을 사랑한 시인이 있었어요.

저기, 저 흘러가는 구름을,
떠도는 구름을,
이 세상 밖 어디론가
떠가는 고독한
구름을.

— 돌을 사랑한 시인이 있었어요.

가련한 인생보다
살아 있는 모든 것보다
불행한 것보다 슬프지 않은
단단하고 말 없는
돌을……

내겐 나에게서 벗어나지 못한
내가 있어요.

이제 읽히는

이제 읽히는
미당(未堂)의 시,

저,
가슴같이 따뜻한 3월의 하늘가에
인제 바로 숨 쉬는 꽃봉오릴 보면서*

인생의 봄에
어지럼증을 느끼듯

시여,
다시 오소서.

---

*서정주, 〈밀어〉

내 머릿속의 암야에

내 머릿속의 암야(暗夜)에
서성이던 고양이,
두 눈자위를 켜고
인생의 밤을 지새웠어요.

밤빛은 낮게 내렸고,
역사는 일렁이던 바닷물결……

비와 구름이여,
저 멀리 서 있던
나여.

며칠을 두고

— 이건청 선생님께

며칠을 두고
읽었습니다.

황사 흩뿌리고 비가 내리는
섣부른 봄날,
고래의 시*를 읽었습니다.

양촌리 그 집을 드나드는
네 마리 고래의
두 갈래 꼬리도 보았습니다.

---

*이건청 시집 《반구대 암각화 앞에서》(동학사, 2010)를 읽고 쓴 시입니다. 이 시집엔 모두 47편의 시가 실려 있는데, 6천여 년 전 울산 앞바다에 서식하던 고래와 그 고래를 잡아 생활하던 신석기, 청동기 시대의 선조를 소재로 한 시들입니다. 이 시집에 실려 있는 시들은 고래를 오브제로 한 것들이며, '고래'는 시인이 노년에 접어들어 새롭게 발견한 활력의 오브제라고 밝히고 있습니다.

인생을 다 알 수 없어서
봄비는 내리고,
바윗돌에 새겨진 말향고래의 노래,
몇 날을 들었습니다.

시인이 될까요?

시인이 될까요?
이른 아침 별똥별을 주우러 동산을 넘던
소년 같은
꿈을 꿔요.

검푸른 말잠자리가 돌던 저수지,
그 곁에 다시 가 멈춰 서던
옛날처럼
꿈을 꿔요.

누렇게 흘러가는 물가에서
은하(銀河) 이편에 반짝이며 흐르는
시간을 보고 있어요.

아지랑이 같은

아지랑이 같은
내 인생.
삶의 등걸에서
꿈꾸던 꽃.

꽃이여,
새하얀 꽃이여,
운명 같은 봄이 내게 와서
다시 일렁이는
구름이여.

아지랑이처럼
지나간 날들이 아른거려요.

나 여기 서 있겠어요

나 여기 서 있겠어요.
꽃 피는
꽃나무처럼요.

눈비 그친 나뭇가지 사이로
언뜻 비치던 삶,

서러운 생애 한쪽에
망울지던 시,

나 여기 오래도록 서 있겠어요.

이 바닷물 속 어딘가에 있을

이 바닷물 속 어딘가에 있을
나의 누이여.
내가 유영(遊泳)하며 찾아들던
너의 언어여.
심해 속 깊이
몸을 숨기고,
천상의 음악을 듣는가.
땅의 사연을 잊으려고
물결에, 물결의 일렁임에
몸을 싣는가.

백색(白色)이 지키던 늦은 편지를
읽는가.

그해 삼월 이른 봄

그해 삼월 이른 봄,
어제 아침처럼 출근했어요.
신문을 펴자,
―詩人 朴木月 他界.

잠시 멈춰 서던 시간,
스치던 이슬.

그리고 30여 년을 건너
용인공원에 다녀왔어요.
― 月城朴公木月之墓.

봄눈이 덜 녹아
더 맑은 날이었어요.

아침에 짧은 시 한 편

아침에 짧은 시 한 편
저녁엔 긴 시 또 한 편,

나도 그렇게 생각하다
잠들었어요.
그리고 흐릿하게 얇은 자막(字幕)이 지나갔어요.

그때 나는 아무 준비도 없었지요.
뚝섬 시장을 맴돌았어요.
봄이 어디에 있는지
알 수 없던 계절이었어요.

아침 햇볕처럼
유리창에 스치는
시 한 편 쓰려고
다시 눈을 떠봐요.

내 시 어디에선가

내 시 어디에선가
봄눈 녹는 소리 들리던가

내 시 어디에선가
봄꽃 피는 내음 나던가

하고, 비가 내려요.

천체 너머에서 뚝, 뚝 떨어지는
빗소리가
귓가에서 잠시 머물어요.

머얼리서 봄이 와서
내 시에도 주룩주룩
비가 내려요.

그땐 햇볕이 내리쬐는

그땐 햇볕이 내리쬐는
여름이었어요.

망상은 거칠도록 단호하게*
빠져나왔어야 할 터인데,
나는
머뭇거리고 있었어요.

내 나이 스물일곱 되던 해의
여름이었어요.

그해 여름은
길고 무더웠어요.

---

*장영수, 〈동해 1〉에서.

가지 않은 시간이

가지 않은 시간이 여기
머물러 있었으면
좋겠어요.

차돌 알갱이 같은,
때로 비바람으로
무지개로
얼룩지던 시간,

그 시간이
가지 않고 멈춰 있었으면
좋겠어요.

삶의 한쪽 끝에서 그것들을
매만져 보고 있어요.

폐허에 부는 바람 소리처럼

폐허에 부는 바람 소리처럼
그해 가을은 왔어요.

역사는 과거와 결혼했지만,
그 가을은 구슬펐지만,
동란의 생채기에도
아기는 태어났어요.

"이 작은 눈빛을 보소서."

그해엔
엷은 하늘빛에
감이 열리지 않았어요.

수요일이면 보여요

수요일이면 보여요.
길거리에 나선
그을린 할머니들이.

나는 일본대사관 앞을 지나
점심 식사를
다니곤 했어요.

수요일이면 보여요.
재가 되어버린 청춘의 불씨를
수소문해보는
할머니들!

어느새 봄이 갔어요

어느새 봄이 갔어요.
잎사귀들이 푸르게 푸르게 살이 붙어요.

이제 곧 큰비가 내릴지도 모르겠어요.

봄과 꽃잎은,
나뭇가지와 인생은
그것만의 언어로,
언어의 수식(修飾)으로 이루어낸
한 줄의 시,
라는 생각을 해봐요.

어느새 봄은 가버렸지만
시는 남아 있어요.

그래, 잘 있니?

그래, 잘 있니?
아빠가 네 생각에 편지를 쓴다.

파도 소리를 타고 오는지 네 목소리가 들리다가 부서진다. 안개처럼 오랜 기다림처럼 피었다가 진다. 햇볕 밝은 섬은 물안개 부스러기들을 거두고, 이내 네 모습을 돋아낸다. 네 얼굴이 햇빛을 타고 떠오른다. 다시 파도 소리를 듣는다.

아빠는 그런 날들을 보내고 있다.

언 귀를 비벼요

언 귀를 비벼요.
살아남겠어요.

하릴없이 인생을 소요하다 문득 멈춰 선
시간,

한 인간의 욕망이
깃털로 꽃잎으로 하르르
나부껴요.

아직도 과거의 시간엔 더 많은
눈이 내려요.

내 유년의 맨 처음에

내 유년(幼年)의 맨 처음에
바다가 갈라지고 산이
솟아오르듯,

유년의 손바닥을 구르던 구슬에
비치던
얼굴이여.

저 먼 협곡에서 시원(始原)된
강물처럼,
나 자신의 이야기로 흘러서
물고기인 듯
발을 씻는
나여.

남신의주 유동 박시봉 방에

남신의주 유동 박시봉 방에
갈까 봐요.

봄과 가을이 지나갈 때
나뭇잎을 매만져 보겠어요.

삶은
냇가에 핀 갈댓잎,
생각하고 또 생각하겠어요.
나 혼자를,
흩어진 가족을.

남신의주 유동 박시봉 방에
홀로 앉아
눈 내리는 겨울을 맞을 것만 같아요.

정오의 시간에

정오의 시간에
옳고 그름을 나누던 때가
있었어요.

무엇이든 생각하고 지우고
그런 나날이었어요.

햇볕이 너무 밝은 여름날,
삶은 온데간데없이
다만 서 있었어요.

구름 한 떼가 지나갈 때 보았어요.
먼 하늘에 내 그림자가
아무 의미 없이
서 있는 것을.

— 그땐 청춘의 무더운 여름이었어요.

아, 하고 소리치는

아, 하고 소리치는
인간의 삶.

계절은 봄이 왔어도
나라는 갈라져 있어요.

봄볕과 산언덕을
잊을 수만 있다면,
내 인생을 잊어버리듯
저 강이 바다의 물살을 받을 수 있기를.
머얼리 닿아 갈 수 있기를.

나뭇가지 새에서
봄비를 피하고 있어요.

시는 매우 간단한 일

시는 매우 간단한 일,
그냥 쓰면 되었어요.

아침마다 책 몇 권 끼고
도서관에 갔어요.
그곳엔 내 자리가 항상 있어서
책도 읽고, 창 밖 풍경도 내다보고
시를 써보곤 했어요.

시는 생각할 것 없이
내 곁에 있었어요.

여태껏 말해본 적 없는
내 이야기를 써보고 싶었어요.

그렇게 이 봄이 가고 있어요.

삶이란 놀랍게도 짧아요

삶이란 놀랍게도 짧아요.
잠깐의 여름처럼
따가움 같던
궁핍함, 시대,
억눌림, 동경……
그것들이 나비처럼 나풀거리며
건너갔어요.
시간의 잎, 잎으로

한 번 흐르는 것,
강이여,

삶이란 놀랍게도 짧아요.

아침이면 개벽하는

아침이면 개벽하는
언어여.

아 야 어 여 오 요……
사랑스런 모음이여.
빨강 노랑 초록 파랑 검정 연두……
그렇게 잘 단장한
아침이여.

나는 나를 부를 수 없어
시를 불러요.

꽃이 있어 산뜻한 봄날입니다

꽃이 있어 산뜻한 봄날입니다.
내게 몸과 마음을 주신
부모님,
늦봄의 산길은 정겨웠습니다.

이해엔 새로운 일이 많을 것 같습니다.
항아리 같은 나의 시에도
물이 가득 담겨서
우리 가족의 얼굴도 잘 비칠 것 같습니다.

여름 햇볕을 받으며
다시 오겠습니다.

정다운 봄에,
불초 소자 올림.

태곳적 이야기처럼

태곳적 이야기처럼,
맨 처음 내게 건넨
속삭임처럼
강은 흘러라.

그리하여 전설은
행성(行星)의 물살을
헝크러진 위도(緯度)를
여울져라.

물소리의 범람처럼 내게 온 시,
나를 일렁이는
여름은 오고……

호수가 있어

호수가 있어
호숫가를 거닐었어요.

그곳엔 세 개의 달이
밤을 비쳤어요.

천국과 지옥을,
그리고 내 마음을 비추는
달,
달빛에 흔들거리는
마음,

과거의 시간이
빛에 섞여 일렁였어요.

호수가 있어
호숫가를 맴돌았어요.

그대와 내가 같은 책을 읽는다면

그대와 내가 같은 책을 읽는다면
마치 '차라투스트라'를 읽는다면

어느 날 숲 속에서 만난 그의
목구멍 속으로 기어들어간 배암의
머리를 물어뜯은
삶을

또는
물안개를
산새들의 지저귐을
앞질러 간 고양이가 부르던 성가(聖歌)를
이야기하자면……

인생의 밤이 깊어져서
문득
촛불을 붙입니다.

몇 송이 꽃잎이 나를 바라봐요

몇 송이 꽃잎이 나를 바라봐요.
언어라는
큰꽃으아리라는
시라는 꽃,

파랑(波浪) 속에서 힘겨워하던
삶을
은빛 꽃술마다 상기된 표정으로,
때로 언어의 벽 아래서
빗방울을 듣던

나도 충만한 눈으로 너를 바라봐요.
예순 살 맞은 초여름 한낮의
꽃이여,

삶 건너편엔 무가 있었고

삶 건너편엔 무(無)가 있었고
너와집이 있었지요.

무란 —
존재의 끝에 서 있는 나무,
바람에 나부끼는
있을 듯 없을 듯한
잎사귀,

그때 나는 살아야 한다고
나를 부추겼어요.
바람이 세던 세상을 뒤에 두고

나는, 나를 알고 싶었어요.

내 시를 나는 던져버렸어요

내 시를 나는 던져버렸어요.
시의 진실은 나에게 있지 않고
물 위에 뜬 시간처럼
멀리 흘러가는 것,

스물일곱 살의 그때처럼
저 봄이 가듯
그때 나는 내 시를 버리고
바라봤어요.

강가에 핀 갈댓잎같이
서 있던 푸르름이여.

물결에 쓸리면서
자아를 일으켜 세우려고
물살을 거슬러 오르던
나여.

하나의 시구도 만들지 못하고

하나의 시구(詩句)도 만들지 못하고
인생은 흘렀어요.

삶의 시간,
계절은 봄,
언덕 위의 구름……

나를 노래하지 못하는 절망감이
시가 된다면,
하나의 시구도 만들지 못하고
한낮이여,
풀무치인 듯 몸을 비트는
언어여.

또는 우연한

또는 우연한
생존 같던,
남대천 물밑 돌 틈에 웅크린
모래무지처럼
몇 가닥의 수염으로 더듬던
물속의 시간.

또는
일기책 같던,
강릉 용강동 골목길을 서성이던
무(無)이며 전체이던

바다여.

행복한 날 바깥에 서 있던

행복한 날 바깥에 서 있던
나무,
오늘은 비를 맞습니다.

내가 집 안에서 나에게 붙들려 있을 때
말없이 세상의 바깥을 지키고 서 있던,
멀리 흘러간
이야기들,

오늘은 그 이야기를 찾아
숲내 길을 한참 걸었어요.

무지개를 세우던
여름 햇볕 곁에서.

즐거운 편지를

즐거운 편지를
읽고 있습니다.

비가 내리다가 그친 오후,
사소한 내 일상을 둘러봅니다.
시냇물은 굽이쳐 흐르고
나뭇잎들은 몸을 텁니다.

한없는 괴로움 속에서
기다리던 사랑,

세월을 건너 누군가 나를
불러줄 것만 같아
시를 다시 읽고 있습니다.

여름

― 최하림 풍으로

여름
햇볕을
타고
온
편지,
지상엔
없는
시간이
적혀
있어요.

하찮은 서정시처럼

하찮은 서정시처럼
인생을 이야기할 수는 없어요.

비가 내리다 멈칫거리듯
강물을 거슬러 오르던 욕망,
파도의 나이테처럼
뒷걸음질치던 추억,
그것으로 인생을 이야기할 수는 없을 거예요.

어두워지는 밤에
물소리를 들어요.

먼 나라에 다녀왔어요

먼 나라에 다녀왔어요.
전쟁과 평화가 없는
나라,
어딘가에 있을
나라예요.

삶만이 있고
언어만이 있는
추억의 고장에 다녀왔어요.

한가로이 사랑하던
마을도 들렀어요.

지난밤,
먼 나라에 다녀왔어요.

나에게 인생이 있었어요

나에게 인생이 있었어요.
봄보다 먼저
여름의 강물보다 먼저
운명처럼 그것은
흘러왔어요.

머얼리 기억에서 흘러와서
바람이 자듯
여기 멈춰 서 있어요.

인생이란
뙤약볕이란, 하고
그것을 붙잡고 있어요.

흐르는 인생의 물결을
보고 있어요.

어느 날 문득 읽고 싶던

어느 날 문득 읽고 싶던
예이츠,
책장을 아무렇게 열어보았어요.
마침 긴 시가 잡혔어요.
너무 길어서 읽다가 다시 앞으로 되돌아가곤 했어
요.
하지만, 마지막 부분은 읽혔어요.
"나는 만족스럽게 그 모든 것을 다시 살아냈다."*
노래라기보다 읽어야 하는
삶에 대한 반성,
어느 날 시는 그렇게 읽혔어요.

---

*윌리엄 버틀러 예이츠, 〈자아와 영혼의 대화〉

세월과 함께

세월과 함께
냇물이 흘러요.

한때 거짓과 환영(幻影)이 아른거렸던 젊은 날들
은 가고
작은 물줄기,
시냇물이 흘러요.

저 멀리 꿈이 비쳐요

저 멀리 꿈이 비쳐요.
비 그친 시냇가에
안개로 물안개로 피어올라요.

먼 바다가 가로놓인
섬나라에 가 있는 딸아이,
오늘은 구름 너머로 비쳐요.

이중섭이 쓴 시처럼
백석이 그린 그림처럼, 나는
냇물 가에서 하루해를
보내고 있어요.

나의 별이 어디에 있는가 하고

나의 별이 어디에 있는가 하고
밤하늘을 살펴보았습니다.

하늘엔 무수한 별이,
은하 물결이
흘러갔습니다.

그때 나는
소년이었습니다.

나의 별은 지금도
밤하늘의 어두운 추억의 여울에서
반짝이고 있습니다.

함양으로 넘어가는

함양(咸陽)으로 넘어가는
덕유산 자락,
육십령 고갯마루에 서 본 적이 있어요.

예순 번 산줄기를 굽이돌아
여름 숲에서
몸을 적시던 기억이 있어요.

이제
분당이 내려다보이는 태재고개에서
육십 고개를 맞으면서,

대관령 아흔아홉 고개를 이미 오래전에
넘어왔던 기억을
애써 해봅니다.

어머니와 함께 살던

어머니와 함께 살던
강릉시 용강동 125번지에 가 보았어요.

콩새가 날아들던 측백나무 울타리도
마당 한가운데 서 있던 배나무도
그대로였어요.

안방에 들어가면 금방이라도
밥상을 들고 들어오실 것만 같은
어머니,

나는 기왓장 밑에서 눈도 뜨지 못한 채
허우적대던
참새가 생각났어요.

꽃이여

꽃이여.
내 마음의 풀잎이여.
나를 무한으로 이끌던 비 내리던 날들이여.

너의 주검 곁에
내가 누워서
산호가 된 추억이여.

꽃이여.
존재하지 않는 것을 꿈꾸던 어두운 날들이여.

모래바람에 쓸리면서
나는 여전히
홀로 서 있어요.

물소리가 작아져서
네 목소리를 들어요.

아무도 없는 밤길에 홀로 서서

아무도 없는 밤길에 홀로 서서
길을 찾던 날들이 생각나요.
온갖 혼돈 속에서
나를 찾던 날들이었어요.

어둠의 깊이에 빠져드는
별의 소멸은 당연한 것,
내가 버리지 못하던 삶의 진실도
보이지 않았어요.

시냇물이 너무 가까이 있어서
함께 흐르던 날들,
물소리만 내 곁에
남아 있었어요.

그밖엔 어떤 것도 되고 싶지 않다는 듯이

그밖엔 어떤 것도 되고 싶지 않다는 듯이
나는 시를 쓰고 있어요.

행복이나 불행,
가난이나 슬픔,
그것들이 잘 엉클어져 있는 무늬들,
또는
시간의 발자국들.

그것들을 나는 쓰고 있어요.
마치 그밖엔 그 어떤 것도
되고 싶지 않다는 듯이 말이지요.

변시지 作 〈점 하나, 2005〉

주황색 세계 속

— 변시지邊時志 1

주황색 세계 속
먼 수평선,
동그라미 없는 ㄴ자(字) 한 점.

그것은 수평선을 타고 오는
귀선(歸船)의 목소리,
바다의 노래.

파도가 일 때마다
이마를 적시는 말,
"나를 황색 햇빛이라고 불러라."
"먹빛 바다라고 불러라."

변시지 作 〈생존, 2005〉

까마귀가 울 때
— 변시지 2

까마귀가 울 때
뭍의 소식을 들었어요.

검은 인생,
검은 바다,
밤 파도 소리에 섞여 오는
수평선 밖 소식을 들었어요.

그것은 바닷물결이 수없이 두들겼던
자아(自我)라는 말이었어요.

난 여기 살아 있어요.

변시지 作 〈기다림, 1996〉

바람이 거센 섬에
―변시지 3

바람이 거센
섬에
휘어진 소나무 한 그루,
먼 바다를 뒤돌아보는
조랑말 한 마리.

빨갛고 파란 점을 찍던 젊은 날들이
내게도 있었어요.
가슴에 일던 폭풍을 잠재우던
날들이었어요.

누런 하늘빛이 저 멀리 비쳐요.

삶이 너무 가까이 있어서

삶이 너무 가까이 있어서
손에 잡혀요.

작은 생채기처럼,
낯선 물길처럼 그것은
나무줄기를 흔들고
물 위에 얼굴을 비추어 주곤 했어요.

아무 생각 없이 시냇가를 거닐던 날들,
한입 가득 깨물던 삶,
그날들이 손에 잡혀요.

속이 꽉 들어찬 고독처럼

속이 꽉 들어찬 고독처럼
내가 할 수 있는 일을 찾아
작은 도시로 떠나고 싶어요.

산과 마을 그 어딘가에서
버릴 것과 찾아낼 것을,
사막 같은 시를
돌 틈에 피어나는 꽃을
잠시 울다 가는 새를
건너다보고 싶어요.

계곡을 흐르는
긴 이야기를 듣고 싶어요.

죽고 싶지도 죽이고 싶지도 않던

죽고 싶지도 죽이고 싶지도 않던
철모를 쓴 병사,

강원도 화천군 산기슭에서
허공을
젊음을
겨냥하던

밤에

백암산이
달보다 작게
보였어요.

한 사람이 된다는 것은

한 사람이 된다는 것은
해맑은 사람이 된다는 것은

주황색 빛 봄볕과
한여름의 소낙비를,
잃어버린 고향을 알고 나서야
된다는 것.

그렇게 나는 읽었지만,
아지랑이를 흔드는 물소리처럼
어느 날
시는 왔어요.

아직도 폭풍 속을

아직도
폭풍 속을 항해하는 뱃사람은,
마지막 심판을 기다리는 사람은

아마
두려움의 시간을
견딜 거예요.

빗줄기와 구름의 이동 사이에서
잠시
주저앉던 날이
있었어요.

더 크게 눈을 떠 보라 하고

더 크게 눈을 떠 보라 하고
아침 햇빛은 말했지만,
실눈으로 나는
시를 생각했지요.

그렇게 가엾게 보이는 날들처럼
엷게
떨던 꽃잎,

꽃나무 그늘을 지나가는
검정고양이처럼
차가운 눈으로

인생을 볼 수 있다면!

저 높이 둥지를 튼 새처럼

저 높이 둥지를 튼 새처럼
멀리 하늘을
날아 보아라.

아주 달콤한
극약처럼,
한 모금의
물처럼

시는
내게 오라.

(어느 날 내가 읽은 시들이 전해주는 말처럼)

나의 무덤 곁에

나의 무덤 곁에
꽃잎이여,
작디작은 빛이여!

나의 고양이에게

나의 고양이
DAISY여,
옛 동산을 함께 건너다보던
그 넋에
기대어라.

시인이 쓴 연보(年譜)

1950년 10월 4일(양력) : 부산광역시 동구 수정동에서 아버지 한종남(韓宗南), 어머니 조농현(曺濃鉉) 슬하에서 태어났다. 6·25동란이 발발한 지 3개월여만에 부모님은 강원도 강릉에서 멀리 부산까지 피란길을 나섰고, 이곳에 와 나를 낳으신 것이다. 하지만 국군의 국토 수복(收復)으로 태어난 지 사흘 만에 어머니 등에 업혀 강릉으로 되돌아왔다. 피란지 부산에서 얻은 것은 엉덩이에 꽤 큼직하게 난 화상(火傷)이다. 갓난아기가 추울까봐 피란민 판잣집 아궁이에 불을 많이 땐 것이 그만 내 엉덩이에 화상의 흔적으로 남게 되었다. 최근까지 대여섯 번 부산에 다녀왔고, 갈 때마다 부산 사람들에게 수정동이 어디냐고 묻곤 한다. 부산에서 태어났지만 난 지 사흘 만에 고향길로 되돌아온 나는 약력을 쓸 때마다 '강원 강릉 출생'으로 했다. 그 사흘 이후 성장기를 줄곧 강릉에서 보냈기 때문이다.

1967년: 고교 3학년 때 율곡(栗谷) 이이(李珥)를 추모하는 율곡제 백일장에서 차상 입선했다. 이때 심사위원은 박두진(朴斗鎭) 선생님이셨다. 저녁에 열린 문학 강연회에서 인사드릴 때 두진 선생님은 내게 "조금 단순했다"라고 짧게 말씀하셨다.

1968년 2월: 강릉초등학교, 강릉중학교를 거쳐 이해 강릉상업고등학교를 졸업했다. 강릉상업고등학교는 지역의 명문교였으나 강릉고등학교가 개교한 뒤로 인문과가 없어지고 상업과만 남아 교세(校勢)가 위축되었다. 4년 후배로는 소설가 최성각(崔性珏)이, 6년 후배로는 소설가 이순원(李舜源)이 있다.

1968년: 내 습작시 '강릉을 떠나며'가 〈학원〉지(誌) 2월호에 게재되었다. 선자(選者)는 박목월(朴木月). 4~5월께 박목월 선생님께서 문학 강연 차 강릉에 들르셨다. 나는 인사드리지 않았다. 이튿날 문예반 후배들이 집에 찾아와 "형, 목월 선생님께서 형을 찾았어요"라고 했다. 다음날 다방에서 목월 선생님께 인사드릴 수 있었다. 이 자리엔 이해 3월 국어담당 교사로 부임한 권명옥(權命玉) 시인과 함께했다. 권 시인은 강릉상업고등학교 선배이기도 하며, 목월 선생님의 애제자였다. 저녁에 우리는 목월 선생님과 중화요릿집에서 저녁식사를 함께했다. 이때 목월 선생님은 김수영(金洙暎)의 시 〈사랑〉을 읊으시면서 "새로운 서정시"라고 말씀하셨다. 목월 선생님 상경 편을 청량리행(行) 열차 침대칸으로 마련해 드렸다. 이후 권명옥 시인으로부터 시단의 새로운 흐름, 특히 60년대에 등장한 시인들의 시 세계를 공부할 수 있었다. 아울러 신학자 카를 바르트의 《로마서 강해(講解)》나 세자르 프랑크의 음악에 대한 설명도 들어야 했다. 권명옥 시인은 훗날 《김종삼 전집》(나남출판)을 편찬한다. 또한, 권 선생님의 오랜 시우(詩友)인 이건청(李健淸) 선생님에게도 이 무렵 인사를 했다.

1971년 12월: 입영통지서를 받고 육군에 입대했다. 1974년 9월에 만기 제대했다. 32개월간 강원도 화천군 백암산 밑에서 보병으로 복무했다. 두어 달 동안은 DMZ 안에 들어가 수색중대원으로 파견되기도 했다.

1976년 3월: 성균관대 사서교육원을 수료하고 고려병원(현 강북삼성병원) 의학도서관에 입사했다. 이후 3년간 근무. 이때 삼성그룹 사보(社報)〈삼성〉의 고려병원 기자 역할도 맡아 했다. 이 시절 태평양화학 홍보실에 계시던 고(故) 오규원(吳圭原) 시인을 자주 만났다. 나중에 그가 청진동에서 '도서출판 문장사'를 운영하실 때는 직장에서 가깝기도 해서 가끔 뵐 수 있었다. 그때 오 선생님은 "아직 등단 안 했나?"하고 웃으시곤 했다.

1980년 4월: 한국일보 조사부로 직장을 옮겼다. 2년 후인 1982년엔 주간편집국 주간한국부로 전보되어 주간한국 편집 일을 하게 되었다. 때로 문학, 출판 기사도 썼다. 박은수(朴恩受) 교수가 번역한《발레리 전집》, 프랑수아 비용의《유언시》등을 박스

기사로 쓴 기억이 난다. 또 1977년 〈문학과지성〉으로 데뷔한 이성복(李晟馥) 시인이 신림동 이웃집에 살아 자주 만났다. 한국일보엔 내가 입사하기 전에 신석초(申石艸) 시인이 논설위원으로 계셨다. 나는 선생이 자주 들렀다는 인사동 통문관(通文館)에 가 귀한 시집 《바라춤》을 샀다. 또 선배시인으로 이성부(李盛夫) 시인이 있으셔서 가끔 만날 수 있었다. 이성부 시인은 내 두 번째 시집 《그리고 나는 갈색의 시를 썼다》에 발문(跋文) 〈시와 삶의 거리(距離)〉를 써주셨다. 나중엔 소설가이자 평론가인 고종석(高宗錫)이 논설위원으로 들어와 언뜻 만나기도 했다. 고 위원의 방에 들르기도 해서 내가 두 권 가지고 있던 송욱(宋稶) 선생의 유고집 《시신(詩神)의 주소》한 권을 방에 남겨두고 오기도 했다. 고종석 작가는 한국일보에 연재하던 〈시인공화국〉 시리즈에 과분하게도 본인의 시를 〈뮤즈의 제단(祭壇)〉이라는 제목으로 한 페이지를 쓰기도 했다.

1982년 4월: 연일(延日) 정씨 정선용(鄭嬋蓉)과 결혼했다.

1985년 12월: 이건청 교수의 채근으로 박목월 선생이 창간한 월간 시 전문지 〈심상(心象)〉을 통해 시단에 나왔다. 데뷔작은 〈습작 강릉 2제(題)〉외 3편으로 기억된다. 심사위원의 한 분이신 황금찬(黃錦燦) 선생은 "아주 좋다"라고 말씀하셨다지만 실은 대단히 미흡한 것들이다. 이렇게 등단한 것도 박목월 선생님 문하의 오랜 인연이 빚어낸 결과이다.

1987년 4월: 오랫동안 아이가 태어나지 않다가 딸 지명(知明)을 낳게 되었다. 서른일곱 살의 늦은 나이에 두게 된 귀한 딸이다. 딸은 중학교 3학년 때 뉴질랜드로 유학을 갔다.

1988년 5월: 자매지 서울경제신문 편집부로 전보되었다.

1990년 6월: 첫 시집 《폭우와 어둠 저 너머 시》를 문학과지성사에서 출간했다. 그때 이건청 선생에게 그렇게 이야기한 적이 있었다. 좀 다르게 써보고 싶다고. 그런 마음의 움직임이 첫 시집에 얼마간 비쳤을 것이다.

1998년 12월: 느닷없이 닥친 IMF 한파로 사회가 불안해지고 회사가 술렁였다. 이듬해인 1999년 1월말 18년간 근무한 신문사에 사직서를 내고 나왔다.

2000년: 두 번째 시집 《그리고 나는 갈색의 시를 썼다》를 제주도에 있는 출판사 다층에서 출간했다. IMF 사태 등의 영향으로 시집 제목을 《말과 희망의 나날 속에서》로 했으나, 더 시적인 제목으로 개제(改題) 했다. 이 시집의 출판을 계기로 제주대 윤석산(尹石山) 교수와 친밀한 사이가 되었다. 이 인연은 2008년 몇 달 간 제주도에 있는 통신사 일을 봐줄 때 거의 매일 만나 다시피하는 사이로 발전했다.

2001년 3월: 서울경제신문 편집부에 재입사(再入社), 다시 신문편집 일을 맡아 하게 되었다.

2005년: 신작 〈음악을 부른다〉, 〈북촌 일기〉 연작을 포함한 시선집 《괴로움 뒤에 오는 기쁨》을 나남출판사에서 출간했다. 취재 다닐 때의 발품 덕이었다.

2008년: 두 번의 입사가 있었던 서울경제신문을 만 58세로 정년퇴직했다. 자매지 한국일보 주간한국 등을 포함하면 28년간 한 직장에 다닌 것이다. 이후 시 창작에 다시 마음을 쏟기 시작했다.

2010년 7월: 새로운 시작(詩作)을 위한 준비로 동시집 《머리가 해만큼 커졌어요》를 시로여는세상에서 펴냈다. 아이를 키우면서 또는 청탁에 의해서 예전에 써놨던 동시들을 버리기가 아까워서 시작한 일이기도 했다. 동시를 다시 쓰려고 박목월의 이론서 《동시 교실》, 《동시의 세계》는 물론 고은, 이문구, 오규원, 정호승, 최승호 등 시인, 작가들이 쓴 동시들을 두루 섭렵해야 했다.

2010년 10월: 10행(行) 안팎의 짧은 시들로 이루어진 연작시집 《숲내에서 쓴 여름날의 편지》 72편을 1년여 만에 탈고. 18년여간 살던 경기도 성남시 분당에서 충북 청원군 오창읍 오창과학산업단지로 이사했다. 아직 할 일이 많은 시간이다.

편지 형식으로 쓴 '시언정'(詩焉情)의 노래

—시집《숯내에서 쓴 여름날의 편지》를 읽고

윤석산(尹石山, 시인 · 제주대 교수)

1. 수줍은 옆모습의 기억

나는 어쩌면 이 글을 쓸 자격이 없을지도 모른다. 시집의 발문(跋文)은 가장 가까운 사람들이 쓰는 게 관행인데, 제주도에 사는 내가 한동화(韓東和 - 본명 韓澤秀) 시인과 가까이 지낸 것은 2008년 불과 몇 개월뿐이고, 그 때문에 언제 등단했으며 몇 권의 시집을 출간했는지도 시집 끝의 연보를 보고 알았으니 말이다.

아니, 그건 문제가 되지 않는다. 그보다는 그와 내가 추구하는 시의 방향이 다르다는 점이다. 나는 낯설게 만들어 표현을 강화하는 반면에, 그는 온유

한 목소리로 소곤대는 시정(詩情)을 가지고 있기 때문이다.

그럼에도 불구하고 이 글을 쓰는 것은, 거절했다가는 제주도 우리 집 앞 '꼬치 스페셜'에서 눈 내리는 거리를 바라보던 그의 옆모습이 두고두고 나를 고통스럽게 만들리라는 두려움에서, 또 기도하듯이 쓴 작품들을 꼼꼼히 읽어보는 동안, 나에게는 물론 다른 사람들에게도 도움이 될지 모른다는 생각을 하게 된 때문이기도 하다.

내가 한 시인을 처음 만난 것은 2000년 겨울, 그러니까 안국동 한국일보사 구(舊) 사옥 동쪽 찻집에서다. 계간지 〈다층〉을 창간하면서 내세운 이념에 그도 공감하여 제주도에서 두 번째 시집 《말과 희망의 나날 속에서》를 출간하겠다고 했고, 그 인연으로 내가 서울에 볼일이 있어 올라가는 길에 만났었다.

그러나 본격적으로 인연을 맺기 시작한 것은 2008년 가을부터이다. 그러니까 그가 한국일보사와 계열사 서울경제신문을 28년간 다니다가 정년퇴임을 하고 뉴시스(NEWSIS) 통신 제주취재본부를 설립하기 위해 내려와 있을 때다.

나는 그와의 해후가 그렇게 반가울 수가 없었다. 나의 대학교수 정년은 3년밖에 남지 않았는데 1999년 부터 구축하기 시작한 한국디지털종합도서관(www. kdlib.com)이 회원 2만 명의 전송권을 확보하고도 한 달에 수천만 원씩 결손을 보는 상황이었다. 미국의 구글(Google)은 자국 내 1만 4천 개 도서관이 소장한 외국 도서까지 저자 동의 없이 입력하고, 신고하는 저자에게만 수익을 배당하겠다고 하는 마당이었다. 디지털 도서관을 포기하는 것은 지식 주권을 포기하 는 일이라는 생각이 들어 누군가의 도움과 조언이 절 실히 필요하던 때였다.

나는 우선 한국학술문화정보협회(www.kakc.or.kr) 를 조직하고 저작권자 중심으로 운영하면 어떻겠냐고 물었다. 그러나 그의 대답은 기대를 많이 벗어났다.

"교수님 마음만 다치실 것 같은데요."

나는 애써 표정을 감췄지만 섭섭했다. 그런데 그 의 만류는 거기서 끝나지 않았다. 도서관 이사인 내 친구이자 제주대 음대 교수와 저녁을 함께하면서 대 단히 의외의 당부를 했다는 것이다.

"윤 교수님이 친구라면 이 일을 말리시지요"라고.

그 말을 전해들은 나는 한 시인을 우리 집 앞 '꼬치 스페셜'에서 만나자고 했다. 그리고는 역정을 냈다. 그러나 그는 "진심으로 교수님을 위해 드린 말씀입니다"라고 대답할 뿐이었다.

한마디만 던지고는 눈 내리는 거리만 내다봤다. 지금에서야 그 말이 나를 진실로 염려해서 했던 말이라는 걸 깨달았다. 그리고 그것이 이 꼬리말을 쓰게 된 이유가 되었다.

2. 그가 추구하려는 것들

이 시집이 그의 영혼을 다 바쳐 쓴 작품집이라는 것은 뒤에 수록된 연보를 살펴봐도 확인할 수 있다. 그는 2008년 말부터 2010년 10월까지 1년여 동안 이 〈숯내〉 연작 72편을 쓰고, 또 《머리가 해만큼 커졌어요》(시로여는세상, 2010. 7.)에 수록된 57편의 동시를 썼다. 따라서 3, 4일에 한 편씩 쓴 셈이라고 할 수 있다. 아마 지금 세상에 2년 가까운 세월 동안 시만 쓰며 사는 사람은 없을 것이다.

그런데 더욱 놀라운 것은 이 시집에 수록된 72편

모두가 자기 시에 대한 반성과 고뇌를 다루고 있다
는 점이다. 그리고 그 과정에서 자주 삶이란 무엇인
가를 질문하고 있다. 다음 작품만 해도 그렇다.

  (a) 인간은 하나의 도구이며
  작은 항아리와 다름없는 이 육체는
  곧 깨어질 것이라고,

  나는 친구에게 편지를 썼어요.
            ― 〈인간은 하나의 도구이며〉 부분

  (b) 기도하면서
  살 수 있을까요.

  먼 그리움을
  고백할 수 있을까요.

  내가 갖고 싶은 건
  듣고 싶은 건
  한 줄의 시,
                  ― 〈기도하면서〉 부분

이 작품들이 특별히 좋아서 고른 것은 아니다. 그냥 무작위로 뽑았을 뿐이다. 그런데, (a)에는 시를 쓰면서 발견한 그의 인생관이 담겨 있고, (b)에는 좋은 시를 쓰고 싶어하는 최근의 소망이 담겨 있다. 그러니까, 육신은 작은 항아리처럼 깨어질 대상이기에 시를 통해 영원에 도달하고 싶어 쓴다는 이야기로 요약할 수 있다.

기법적인 면에서 살펴보면, 어느 하나도 낯설지 않은 일상적 서정을 짧은 단시(短詩) 형식으로 표현하고 있다. 이런 현상은 그의 과거 시와 비교할 때 상당한 차이가 난다. 다시 말해 이 시대의 유행인 낯설게 만들기 기법을 포기하고 단순과 소박 쪽으로 방향을 바꾸고 있다고 볼 수 있다.

물론 독자들 가운데에는 원래 그런 시인이 아닌가 생각하는 사람도 있을 것이다. 그렇다면 《말과 희망 나날 속에서》라는 제목으로 발행했다가 《그리고 나는 갈색의 시를 썼다》로 제목을 바꾼 두 번째 시집과 비교해보라고 권유하고 싶다. 어느 시든 《숯내에서 쓴 여름날의 편지》와 상당한 정서적 차이가 난다. 또 작품의 길이도 그렇다. 제 2시집 제 1부에 수록된 30편 가운데 10행 안팎인 것은 '서시'를 비롯해 너덧 편뿐이고, 120행이 넘는 것들도 있다. 또 20편으로 구성된 〈서울 광시곡〉이라는 연작시도 있다.

이와 같은 형식이 중요하지 않다면 다음 작품을 살펴보기 바란다.

> 내 첫 시집의 주제는 가족사(家族史)와 시의 본질에 대한 탐색이었다.
> 그것은 고전(古典)의 헝클어진 머리칼에서 떠나와 나 자신에 닿아 있었다. 나는 그때 밝은 유년에 있지 않았고, 어두운 자아에 있었다. 막막한 어둠 속에서 나는 그리움으로만 머리 위의 별빛을 바라보았었다.
>
> — 〈내 첫 시집을 말한다〉 부분

이 작품을 고른 것은 첫 시집에 대한 반성을 제재로 삼았기 때문이다. 그런데 내용 자체가 시라기보다는 자서(自序)에 가깝고, '가족사', '시의 본질', '탐색', '고전', '어두운 자아'와 같은 산문적이고도 현대적인 언어를 구사하는가 하면, 문체마저 산문적이다. 따라서 이번 시집 《숯내에서 쓴 여름날의 편지》의 특징은 그의 천성이 그런 시를 쓰게 만들었다기보다는 의도적으로 추구한 결과라고 보아야 할 것이다.

3. 되돌아서는 모습이 보여주는 것들

그럼 그는 왜 다른 시인들이 가는 방향을 등지고 되돌아섰을까? 이 문제에 대한 해답은 다음 작품들을 읽어보면 짐작할 수 있을 것이다.

(a) 내가 쓴 시는
시가 아니었어요.

그래서 다시 시작하고 있어요.
                    ― 〈악령에 시달리듯 글쓰기는〉 부분

(b) 이제 읽히는
미당(未堂)의 시,

저,
가슴같이 따뜻한 3월의 하늘가에
인제 바로 숨 쉬는 꽃봉오릴 보면서

인생의 봄에
어지럼증을 느끼듯

시여,
다시 오소서.

— 〈이제 읽히는〉 전문

(c) 시는 매우 간단한 일,
그냥 쓰면 되었어요.

아침마다 책 몇 권 끼고
도서관에 갔어요.
그곳엔 내 자리가 항상 있어서
책도 읽고, 창 밖 풍경도 내다보고
시를 써보곤 했어요.

시는 생각할 것 없이
내 곁에 있었어요.

여태껏 말해본 적 없는
내 이야기를 써보고 싶었어요.

그렇게 이 봄이 가고 있어요.
　　　　　　— 〈시는 매우 간단한 일〉전문

　(a)는 이제까지 써온 자기 시작 목표가 잘못 설정
되어 있기 때문에 다시 쓰기 시작하겠다는 선언으로
볼 수 있다. 그리고 (b)는 미당(未堂) 서정주의 시
에 대해서 이야기하는 것처럼 보이나 '쉽게 읽히는
시'를 쓰고 싶다는 시작 목표를 선언하고, (c)는 이
렇게 생각을 바꾼 뒤의 창작방법을 고백하고 있다.
　그런데, 이런 선언은 이제까지 그가 추구해 온 방
향이나 우리 시단의 현황과 연결지으면 매우 중요한
의미를 지닌다. 현대화라는 명분을 내건 작품일수록
독자들이 외면하고, 그래서 융성하던 우리의 서정이
몰락하고 있다는 비판과, 미당의 '밀어'(密語) 가운

데 밑줄 친 구절을 빌려 온 것으로 미루어 전통으로 회귀하되, 생명의 문제와 '시언지'(詩焉志)가 아니라 '시언정'(詩焉情)으로 쓰겠다는 문학관을 담고 있기 때문이다. 그리고 그걸 입증하려는 듯이 (c)에서 '시는 매우 간단한 일'이라는 구절은 비문법적인데도 고치지 않고 그대로 놔두고 있다.

　한라산 산간에 눈이 많이 내렸다. 이제 우리 시는 서구에서 배울 것은 거의 다 배운 상태이다. 그걸 깨닫고 마음을 비우고 느낀 대로 쓰려는 한동화 시인에게 격려를 보낸다. 눈이 많이 내린 겨울날에 연작시집 《숯내에서 쓴 여름날의 편지》를 읽었다.